Dora y la aventura de cumpleaños

adaptado por Emily Sollinger
basado en el guión original de Rosemary Contreras
traducción por Adriana Domínguez
ilustrado por Robert Roper

SIMON & SCHUSTER LIBROS PARA NIÑOS/NICKELODEON
Nueva York Londres Toronto Sydney

Hi! Soy Dora. Boots y yo estamos leyendo un cuento sobre un amigo especial llamado el Wizzle de Cumpleaños.

El Wizzle de Cumpleaños vivía en el Reino Wizzle y era capaz de convertir todos los deseos de cumpleaños en realidad con su varita mágica. El Wizzle veía un deseo, y justo antes de que se apagaran las velitas de cumpleaños, decía las palabras mágicas para convertir el deseo en realidad: *Happy birthday!* En español decimos ¡Feliz cumpleaños! Y en inglés decimos *Happy birthday!*

Un día, llegó el cumpleaños del mismo Wizzle. Estaba muy feliz porque era su turno de pedir un deseo. Quería pedir alas de mariposa para poder volar. El Wizzle estaba a punto de pedir su deseo cuando . . . ¡Zuuum! ¡El viento arrancó la varita mágica de la mano del Wizzle y la lanzó fuera del libro de cuentos!

¡Mira! ¡La varita está volando hacia nosotros! Tenemos que atraparla y llevársela al Wizzle de Cumpleaños antes de que apague las velitas para que pueda conseguir su deseo.

Let's go! ¡Vamos al Reino Wizzle! Sólo
necesitamos decir las palabras mágicas.
Dilas con nosotros: *Happy birthday!*

¡Lo hicimos! ¡Llegamos al Reino Wizzle! Y ahora, ¿cómo encontraremos al Wizzle? ¿A quién le pedimos ayuda cuando no sabemos adónde ir? *Yes!* ¡A Map!

Map dice que el Wizzle está en la cima de la Montaña Wizzle. Para llegar a la Montaña Wizzle tendremos que atravesar el Bosque de los Unicornios y convertir el sueño de un unicornio en realidad. Luego, debemos pasar por las Cuevas de los Dinosaurios y convertir los sueños de los dinosaurios mellizos en realidad.

Así que debes recordar: unicornio, dinosaurios, Montaña Wizzle. ¡Vámonos! *Let's go!*

¡Hemos llegado al Bosque de los Unicornios pero no vemos ninguno!
¿Dónde están? ¡Ah! Está lloviendo y los unicornios no salen cuando llueve.
Ellos sólo salen cuando deja de llover y se ve un arco iris en el cielo.
¿Qué podemos hacer para que el pequeño unicornio salga y le demos su
deseo de cumpleaños?

Tendremos que hacer que la lluvia se vaya. Yo sé qué cantar para espantarla. ¡Canta con nosotros!: "¡Lluvia vete ya, otro día regresarás, ahora queremos jugar, lluvia vete ya!"

¡Lo logramos! La nube de lluvia se fue y en su lugar llegó un gran hermoso arco iris. ¡Y aquí vienen los unicornios! El unicornio pequeño lleva una corona especial de cumpleaños para que todos sepan que es su día. Ella quiere pedir su deseo de cumpleaños. Para hacer que su deseo se convierta en realidad, debemos agitar la varita y pronunciar las palabras mágicas del Wizzle: *Happy birthday!* ¡Feliz cumpleaños!

¡El pequeño unicornio pidió un osito de peluche nuevo!

Ahora tenemos que ir a las Cuevas de los Dinosaurios para convertir los deseos de los dinosaurios mellizos en realidad. ¡Y tenemos que apresurarnos para devolverle su varita al Wizzle de Cumpleaños a tiempo!

Las Cuevas de los Dinosaurios están muy lejos. ¡Mira! Veo un tren. ¡Es el tren de cumpleaños! Podemos tomar el tren a las Cuevas de los Dinosaurios y convertir deseos de cumpleaños en realidad por el camino. ¡Chucu-chucu-chu! ¡Chu-Chuuu!

Llegamos a las Cuevas de los Dinosaurios. Ahora tenemos que encontrar los mellizos que están cumpliendo años. ¿Ves una cueva con una bandera afuera? ¡Allí deben estar los dinosaurios! Escuchamos a los dinosaurios roncar. Tenemos que despertarlos. Vamos a pisar fuerte como los dinosaurios. ¡Pom! ¡Pom! ¡Pom! *Good job!* ¡Bien hecho!

Ahora los dinosaurios están despiertos y listos para pedir sus deseos. ¿Qué desean? ¡Sí, un robot y un perrito! Tenemos que decir las palabras mágicas para hacer que sus sueños se conviertan en realidad. *Happy birthday!*

¡Convertimos sus deseos en realidad! ¡Ahora tenemos que ir a la Montaña Wizzle!

Tenemos que darle su deseo al **Wizzle** de Cumpleaños rápido,
¡antes de que apague las velitas de su pastel de cumpleaños! Digamos
las palabras mágicas: *Happy birthday!*

¡El deseo del Wizzle se convirtió en realidad! Ya tiene sus alas. ¡Ahora puede volar a cualquier sitio con su varita mágica para convertir deseos en realidad! ¡El Wizzle se siente muy feliz de que su propio deseo de cumpleaños se ha vuelto realidad!

¡Gracias por acompañarnos en esta aventura y por ayudarnos a convertir los deseos de cumpleaños de todos en realidad! ¡No hubiéramos podido hacerlo sin tu ayuda! *Thanks!*

HOW IT WORKS

THE
HUMAN BODY

Text by Kate Barnes
Illustrated by Steve Weston

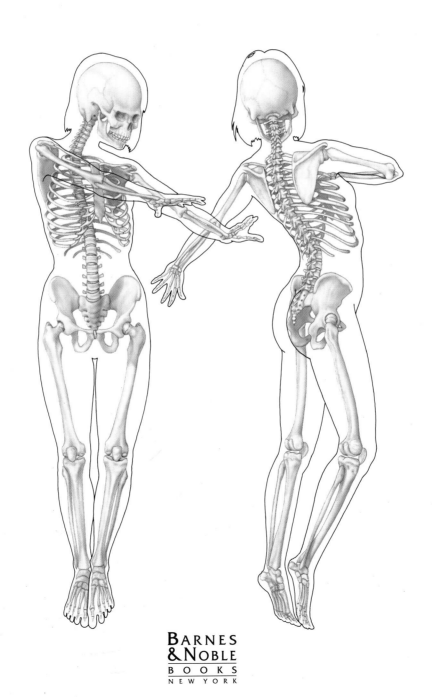

BARNES
&NOBLE
BOOKS
NEW YORK

This edition published by Barnes & Noble, Inc.
by arrangement with Horus Editions Limited

1997 Barnes & Noble Books

10

ISBN 0-7607-0428-7

Library of Congress Cataloging Data
available upon request.

Printed in Singapore